IL NE FAUT JURER DE RIEN

Alfred de Musset

Édition et mise en page : Culturea (Hérault, 34)
Retrouvez notre catalogue sur http://culturea.fr/
Contact : infos@culturea.fr
Imprimé en Allemagne par Books on Demand Gmbh
Design typographique et layout : Derek Murphy et Reedsy
ISBN : 9791041959419
Date de parution : février 2024

PERSONNAGES

ACTEURS
QUI ONT CRÉÉ LES RÔLES.
VAN BUCK, négociant.
MM. Provost.
VALENTIN VAN BUCK, son neveu.
Brindeau.
Un Abbé.
Got.
Un Maitre de danse.
Mathien.
Un Aubergiste.
Un Garçon.
LA BARONNE DE MANTES.
Mlle Mante.
CÉCILE, sa fille.
A. Luther.

La scène est à Paris dans la première partie de l'acte Ier, et ensuite au château de la baronne.

ACTE PREMIER

Scène première

La chambre de Valentin.
Valentin, assis. — Entre Van Buck.

VAN BUCK

Monsieur mon neveu, je vous souhaite le bonjour.

VALENTIN

Monsieur mon oncle, votre serviteur.

VAN BUCK

Restez assis ; j'ai à vous parler.

VALENTIN

Asseyez-vous ; j'ai donc à vous entendre. Veuillez vous mettre dans la bergère, et poser là votre chapeau.

VAN BUCK, *s'asseyant.*

Monsieur mon neveu, la plus longue patience et la plus robuste obstination doivent, l'une ou l'autre, finir tôt ou tard. Ce qu'on tolère devient intolérable, incorrigible ce qu'on ne corrige pas ; et qui vingt fois a jeté la perche à un fou qui veut se noyer, peut être forcé un jour ou l'autre de l'abandonner ou de périr avec lui.

VALENTIN

Oh ! oh ! voilà qui est débuter, et vous avez là des métaphores qui se sont levées de grand matin.

VAN BUCK

Monsieur, veuillez garder le silence, et ne pas vous permettre de me plaisanter. C'est vainement que les plus sages conseils, depuis trois ans, tentent de mordre sur vous. Une insouciance ou une fureur aveugle, des résolutions sans effet, mille prétextes inventés à plaisir, une maudite condescendance, tout ce que j'ai pu ou puis faire encore (mais, par ma barbe ! je ne ferai plus rien !)… Où me menez-vous à votre suite ? Vous êtes aussi entêté…

VALENTIN

Mon oncle Van Buck, vous êtes en colère.

VAN BUCK

Non, monsieur ; n'interrompez pas. Vous êtes aussi obstiné que je me suis, pour mon malheur, montré crédule et patient. Est-il croyable, je vous le demande, qu'un jeune homme de vingt-cinq ans passe son temps comme vous le faites ? De quoi servent mes remontrances, et quand prendrez-vous un état ? Vous êtes pauvre, puisqu'au bout du compte vous n'avez de fortune que la mienne ; mais, finalement, je ne suis pas moribond, et je digère encore vertement. Que comptez-vous faire d'ici à ma mort ?

VALENTIN

Mon oncle Van Buck, vous êtes en colère, et vous allez vous oublier.

VAN BUCK

Non, monsieur ; je sais ce que je fais. Si je suis le seul de la famille qui se soit mis dans le commerce, c'est grâce à moi, ne l'oubliez pas, que les débris d'une fortune détruite ont pu encore se relever. Il vous sied bien de sourire quand je parle ! Si je n'avais pas vendu du guingan à Anvers, vous seriez maintenant à l'hôpital avec votre robe de chambre à fleurs. Mais, Dieu merci, vos chiennes de bouillottes…

VALENTIN

Mon oncle Van Buck, voilà le trivial ; vous changez de ton, vous vous oubliez ; vous avez mieux commencé que cela.

VAN BUCK

Sacrebleu ! tu te moques de moi ! Je ne suis bon apparemment qu'à payer tes lettres de change ? J'en ai reçu une ce matin : soixante louis ! te railles-tu des gens ? Il te sied bien de faire le fashionable (que le diable soit des mots anglais !), quand tu ne peux pas payer ton tailleur ! C'est autre chose de descendre d'un beau cheval pour retrouver au fond d'un hôtel une bonne famille opulente, ou de sauter à bas d'un carrosse de louage pour grimper deux ou trois étages. Avec tes gilets de satin, tu demandes, en rentrant du bal, ta chandelle à ton portier, et il regimbe quand il n'a pas eu ses étrennes. Dieu sait si tu les lui donnes tous les ans ! Lancé dans un monde plus riche que toi, tu puises chez tes amis le dédain de toi-même ; — tu portes ta barbe en pointe et tes cheveux sur les épaules, comme si tu n'avais pas seulement de quoi acheter un ruban pour te faire une queue. — Tu écrivailles dans les gazettes ; — tu es capable de te faire saint-simonien quand tu n'auras plus ni sou ni maille, et cela viendra, je t'en réponds. — Va, va ! un écrivain public est plus estimable que toi. Je finirai par te couper les vivres, et tu mourras dans un grenier.

VALENTIN

Mon bon oncle Van Buck, je vous respecte et je vous aime.

Faites-moi la grâce de m'écouter. Vous avez payé ce matin une lettre de change à mon intention. Quand vous êtes venu, j'étais à la fenêtre et je vous ai vu arriver ; vous méditiez un sermon juste aussi long qu'il y a d'ici chez vous. Épargnez, de grâce, vos paroles. Ce que vous pensez, je le sais ; ce que vous dites, vous ne le pensez pas toujours ; ce que vous faites, je vous en remercie. Que j'aie des dettes et que je ne sois bon à rien, cela se peut ; qu'y voulez-vous faire ? Vous avez soixante mille livres de rente…

VAN BUCK

Cinquante.

VALENTIN

Soixante, mon oncle ; vous n'avez pas d'enfants, et vous êtes plein de bonté pour moi. Si j'en profite, où est le mal ? Avec soixante bonnes mille livres de rente…

VAN BUCK

Cinquante, cinquante ; pas un denier de plus.

VALENTIN

Soixante ; vous me l'avez dit vous-même.

VAN BUCK

Jamais. Où as-tu pris cela ?

VALENTIN

Mettons cinquante. Vous êtes jeune, gaillard encore, et bon vivant. Croyez-vous que cela me fâche, et que j'aie soif de votre bien ? Vous ne me faites pas tant d'injure ; et vous savez que les mauvaises têtes n'ont pas toujours les plus mauvais cœurs. Vous me querellez de ma robe de chambre : vous en avez porté bien d'autres. — Ma barbe en pointe ne veut pas dire que je sois un saint-simonien : je respecte trop l'héritage. — Vous vous plaignez de mes gilets : voulez-vous qu'on sorte en chemise ? Vous me dites que je suis pauvre et que mes amis ne le sont pas : tant mieux pour eux, ce n'est pas ma faute. Vous imaginez qu'ils me gâtent et que leur exemple me rend dédaigneux : je ne le suis que de ce qui m'ennuie, et puisque vous payez mes dettes, vous voyez bien que je n'emprunte pas. Vous me reprochez d'aller en fiacre : c'est que je n'ai pas de voiture. Je prends, dites-vous, en rentrant, ma chandelle chez mon portier : c'est pour ne pas monter sans lumière ; à quoi bon se casser le cou ? Vous voudriez me voir un état : faites-moi nommer premier ministre, et vous verrez comme je ferai mon chemin. Mais quand je serai surnuméraire dans l'entre-sol d'un avoué, je vous demande ce que j'y apprendrai, sinon que tout est vanité. Vous dites que je joue à la bouillotte : c'est que j'y gagne quand j'ai brelan ; mais soyez sûr que je n'y perds pas plus tôt que je me repens de ma sottise. Ce serait, dites-vous, autre chose si je descendais d'un beau cheval pour entrer dans un bon hôtel : je le crois bien ! vous en parlez à votre aise. Vous ajoutez que vous êtes fier, quoique vous ayez vendu du guingan ; et plût à Dieu que j'en vendisse ! ce serait la preuve que je pourrais en acheter. — Pour ma noblesse, elle m'est aussi chère qu'elle peut vous l'être à vous-même ; mais c'est pourquoi je ne m'attelle pas, ni plus que moi les chevaux de pur sang. — Tenez ! mon oncle, ou je me trompe, ou vous n'avez pas déjeuné. Vous êtes resté le cœur à jeun sur cette maudite lettre de change : avalons-la de compagnie, je vais demander le chocolat.

(Il sonne. On sert à déjeuner.)

VAN BUCK

Quel déjeuner ! Le diable m'emporte ! tu vis comme un prince.

VALENTIN

Eh ! que voulez-vous ? quand on meurt de faim, il faut bien tâcher de se distraire.

(Ils s'attablent.)

VAN BUCK

Je suis sûr que, parce que je me mets là, tu te figures que je te pardonne.

VALENTIN

Moi ? Pas du tout. Ce qui me chagrine, lorsque vous êtes irrité, c'est qu'il vous échappe malgré vous des expressions d'arrière-boutique. Oui, sans le savoir, vous vous écartez de cette fleur de politesse qui vous distingue particulièrement ; mais quand ce n'est pas devant témoins, vous comprenez que je ne vais pas le dire.

VAN BUCK

C'est bon, c'est bon ; il ne m'échappe rien. Mais brisons là, et parlons d'autre chose. Tu devrais bien te marier.

VALENTIN

Seigneur, mon Dieu ! qu'est-ce que vous dites ?

VAN BUCK

Donne-moi à boire. Je dis que tu prends de l'âge et que tu devrais te marier.

VALENTIN

Mais, mon oncle, qu'est-ce que je vous ai fait ?

VAN BUCK

Tu m'as fait des lettres de change. Mais quand tu ne m'aurais rien fait, qu'a donc le mariage de si effroyable ? Voyons, parlons sérieusement. Tu serais, parbleu ! bien à plaindre quand on te mettrait ce soir dans les bras une jolie fille bien élevée, avec cinquante mille écus sur la table pour t'égayer demain matin au réveil. Voyez un peu le grand malheur, et comme il y a de quoi faire l'ombrageux ! Tu as des dettes, je te les payerai ; une fois marié, tu te rangeras. Mademoiselle de Mantes a tout ce qu'il faut…

VALENTIN

Mademoiselle de Mantes ! Vous plaisantez ?

VAN BUCK

Puisque son nom m'est échappé, je ne plaisante pas. C'est d'elle qu'il s'agit, et si tu veux…

VALENTIN

Et si elle veut. C'est comme dit la chanson :
Je sais bien qu'il ne tiendrait qu'à moi
De l'épouser, si elle voulait.

VAN BUCK

Non ; c'est de toi que cela dépend. Tu es agréé, tu lui plais.

VALENTIN

Je ne l'ai jamais vue de ma vie.

VAN BUCK

Cela ne fait rien ; je te dis que tu lui plais.

VALENTIN

En vérité ?

VAN BUCK

Je t'en donne ma parole.

VALENTIN

Eh bien donc ! elle me déplaît.

VAN BUCK

Pourquoi ?

VALENTIN

Par la même raison que je lui plais.

VAN BUCK

Cela n'a pas le sens commun, de dire que les gens nous déplaisent quand nous ne les connaissons pas.

VALENTIN

Comme de dire qu'ils nous plaisent. Je vous en prie, ne parlons plus de cela.

VAN BUCK

Mais, mon ami, en y réfléchissant (donne-moi à boire), il faut faire une fin.

VALENTIN

Assurément, il faut mourir une fois dans sa vie.

VAN BUCK

J'entends qu'il faut prendre un parti, et se caser. Que deviendras-tu ? Je t'en avertis, un jour ou l'autre, je te laisserai là malgré moi. Je n'entends pas que tu me ruines, et si tu veux être mon héritier, encore faut-il que tu puisses m'attendre. Ton mariage me coûterait, c'est vrai, mais une fois pour toutes, et moins, en somme, que tes folies. Enfin, j'aime mieux me débarrasser de toi ; pense à cela : veux-tu une jolie femme, tes dettes payées, et vivre en repos ?

VALENTIN

Puisque vous y tenez, mon oncle, et que vous parlez sérieusement, sérieusement je vais vous répondre : prenez du pâté, et écoutez-moi.

VAN BUCK

Voyons, quel est ton sentiment ?

VALENTIN

Sans vouloir remonter bien haut, ni vous lasser par trop de préambules, — je commencerai par l'antiquité. — Est-il besoin de vous rappeler la manière dont fut traité un homme qui ne l'avait mérité en rien ; qui toute sa vie fut d'humeur douce, jusqu'à reprendre, même après sa faute, celle qui l'avait si outrageusement trompé ? Frère d'ailleurs d'un puissant monarque, et couronné bien mal à propos…

VAN BUCK

De qui diantre me parles-tu ?

VALENTIN

De Ménélas, mon oncle.

VAN BUCK

Que le diable t'emporte et moi avec ! Je suis bien sot de t'écouter.

VALENTIN

Pourquoi ? il me semble tout simple…

VAN BUCK

Maudit gamin ! cervelle fêlée ! il n'y a pas moyen de te faire dire un mot qui ait le sens commun.

(Il se lève.)

Allons ! finissons ! en voilà assez. Aujourd'hui la jeunesse ne respecte rien.

VALENTIN

Mon oncle Van Buck, vous allez vous mettre en colère.

VAN BUCK

Non, monsieur ; mais, en vérité, c'est une chose inconcevable. Imagine-t-on qu'un homme de mon âge serve de jouet à un bambin ? Me prends-tu pour ton camarade, et faudra-t-il te répéter ?…

VALENTIN

Comment ! mon oncle, est-il possible que vous n'ayez jamais lu Homère ?

VAN BUCK, *se rasseyant.*

Eh bien ! quand je l'aurais lu ?

VALENTIN

Vous me parlez de mariage ; il est tout simple que je vous cite le plus grand mari de l'antiquité.

VAN BUCK

Je me soucie bien de tes proverbes. Veux-tu répondre sérieusement ?

VALENTIN

Soit ; trinquons à cœur ouvert ; je ne serai compris de vous que si vous voulez bien ne pas m'interrompre. Je ne vous ai pas cité Ménélas pour faire parade de ma science, mais pour ne pas nommer beaucoup d'honnêtes gens. Faut-il m'expliquer sans réserve ?

VAN BUCK

Oui, sur-le-champ, ou je m'en vais.

VALENTIN

J'avais seize ans, et je sortais du collège, quand une belle dame de notre connaissance me distingua pour la première fois. À cet âge-là, peut-on savoir ce qui est innocent ou criminel ? J'étais un soir chez ma maîtresse, au coin du feu, son mari en tiers. Le mari se lève et dit qu'il va sortir. À ce mot, un regard rapide échangé entre ma belle et moi me fait bondir le cœur de joie : nous allions être seuls ! Je me retourne, et vois le pauvre homme mettant ses gants. Ils étaient en daim de couleur verdâtre, trop larges, et décousus au pouce. Tandis qu'il y enfonçait ses mains, debout au milieu de la chambre, un imperceptible sourire passa sur le coin des lèvres de la femme, et dessina comme une ombre légère les deux fossettes de ses joues. L'œil d'un amant voit seul de tels sourires, car on les sent plus qu'on ne les voit. Celui-ci m'alla jusqu'à l'âme, et je l'avalai comme un sorbet. Mais, par une bizarrerie étrange, le souvenir de ce moment de délices se lia invinciblement dans ma tête à celui de deux grosses mains rouges se débattant dans des gants verdâtres ; et je ne sais ce que ces mains, dans leur opération confiante, avaient de triste et de piteux, mais je n'y ai jamais pensé depuis sans que le féminin sourire vînt me chatouiller le coin des lèvres, et j'ai juré que jamais femme au monde ne me ganterait de ces gants-là.

VAN BUCK

C'est-à-dire qu'en franc libertin, tu doutes de la vertu des femmes, et que tu as peur que les autres te rendent le mal que tu leur as fait.

VALENTIN

Vous l'avez dit : j'ai peur du diable, et je ne veux pas être ganté.

VAN BUCK

Bah ! c'est une idée de jeune homme.

VALENTIN

Comme il vous plaira ; c'est la mienne ; dans une trentaine d'années, si j'y suis, ce sera une idée de vieillard, car je ne me marierai jamais.

VAN BUCK

Prétends-tu que toutes les femmes soient fausses, et que tous les maris soient trompés ?

VALENTIN

Je ne prétends rien, et je n'en sais rien. Je prétends, quand je vais dans la rue, ne pas me jeter sous les roues des voitures ; quand je dîne, ne pas manger de merlan ; quand j'ai soif, ne pas boire dans un verre cassé, et quand je vois une femme, ne pas l'épouser ; et encore je ne suis pas sûr de n'être ni écrasé, ni étranglé, ni brèche-dent, ni…

VAN BUCK

Fi donc ! mademoiselle de Mantes est sage et bien élevée ; c'est une bonne petite fille.

VALENTIN

À Dieu ne plaise que j'en dise du mal ! elle est sans doute la meilleure du monde. Elle est bien élevée, dites-vous ? Quelle éducation a-t-elle reçue ? La conduit-on au bal, au spectacle, aux courses de chevaux ? Sort-elle seule en fiacre, le matin, à midi, pour revenir à six heures ? A-t-elle une femme de chambre adroite, un escalier dérobé ? — A-t-elle vu la Tour de Nesle, et lit-elle les romans de M. de Balzac ? — La mène-t-on, après un bon dîner, les soirs d'été, quand le vent est au sud, voir lutter aux Champs-Élysées dix ou douze gaillards nus, aux épaules carrées ? A-t-elle pour maître un beau valseur grave et frisé, au jarret prussien, qui lui serre les doigts quand elle a bu du punch ? Reçoit-elle des visites en tête à tête, l'après-midi, sur un sofa élastique, sous le demi-jour d'un rideau rose ? A-t-elle à sa porte un verrou doré, qu'on pousse du petit doigt en tournant la tête, et sur lequel retombe mollement une tapisserie sourde et muette ? Met-elle son gant dans son verre lorsqu'on commence à passer le champagne ? — Fait-elle semblant d'aller au bal de l'Opéra, pour s'éclipser un quart d'heure, courir chez Musard et revenir bâiller ? — Lui a-t-on appris, quand Rubini chante, à ne montrer que le blanc de ses yeux, comme une colombe amoureuse ? — Passe-t-elle l'été à la campagne chez une amie pleine d'expérience, qui en répond à sa famille, et qui, le soir, la laisse au piano pour se promener sous les charmilles, en chuchotant avec un hussard ? — Va-t-elle aux eaux ? A-t-elle des migraines ?

VAN BUCK

Jour de Dieu ! qu'est-ce que tu dis là ?

VALENTIN

C'est que, si elle ne sait rien de tout cela, on ne lui a pas appris grand-chose ; car, dès qu'elle sera femme, elle le saura, et alors qui peut rien prévoir ?

VAN BUCK

Tu as de singulières idées sur l'éducation des femmes. Voudrais-tu qu'on les suivît ?

VALENTIN

Non ; mais je voudrais qu'une jeune fille fût une herbe dans un bois, et non une plante dans une caisse. Allons ! mon oncle, venez aux Tuileries, et ne parlons plus de tout cela.

VAN BUCK

Tu refuses mademoiselle de Mantes ?

VALENTIN

Pas plus qu'une autre, mais ni plus ni moins.

VAN BUCK

Tu me feras damner ; tu es incorrigible. J'avais les plus belles espérances ; cette fille-là sera très riche un jour. Tu me ruineras, et tu iras au diable ; voilà tout ce qui arrivera. — Qu'est-ce que c'est ? Qu'est-ce que tu veux ?

VALENTIN

Vous donner votre canne et votre chapeau, pour prendre l'air, si cela vous convient.

VAN BUCK

Je me soucie bien de prendre l'air ! Je te déshérite si tu refuses de te marier.

VALENTIN

Vous me déshéritez, mon oncle ?

VAN BUCK

Oui, par le ciel ! j'en fais serment ! Je serai aussi obstiné que toi, et nous verrons qui des deux cèdera.

VALENTIN

Vous me déshéritez par écrit, ou seulement de vive voix ?

VAN BUCK

Par écrit, insolent que tu es !

VALENTIN

Et à qui laisserez-vous votre bien ? Vous fonderez donc un prix de vertu, ou un concours de grammaire latine ?

VAN BUCK

Plutôt que de me laisser ruiner par toi, je me ruinerai tout seul et à mon plaisir.

VALENTIN

Il n'y a plus de loterie ni de jeu ; vous ne pourrez jamais tout boire.

VAN BUCK

Je quitterai Paris ; je retournerai à Anvers ; je me marierai moi-même, s'il le faut, et je te ferai six cousins germains.

VALENTIN

Et moi je m'en irai à Alger ; je me ferai trompette de dragons, j'épouserai une Éthiopienne, et je vous ferai vingt-quatre petits neveux, noirs comme de l'encre et bêtes comme des pots.

VAN BUCK

Jour de ma vie ! si je prends ma canne…

VALENTIN

Tout beau, mon oncle ; prenez garde, en frappant, de casser votre bâton de vieillesse.

VAN BUCK, *l'embrassant.*

Ah, malheureux ! tu abuses de moi.

VALENTIN

Écoutez-moi : le mariage me répugne ; mais pour vous, mon bon oncle, je me déciderai à tout. Quelque bizarre que puisse vous sembler ce que je vais vous proposer, promettez-moi d'y souscrire sans réserve, et, de mon côté, j'engage ma parole.

VAN BUCK

De quoi s'agit-il ? Dépêche-toi.

VALENTIN

Promettez d'abord, je parlerai ensuite.

VAN BUCK

Je ne le puis pas sans rien savoir.

VALENTIN

Il le faut, mon oncle ; c'est indispensable.

VAN BUCK

Eh bien ! soit, je te le promets.

VALENTIN

Si vous voulez que j'épouse mademoiselle de Mantes, il n'y a pour cela qu'un moyen : c'est de me donner la certitude qu'elle ne me mettra jamais aux mains la paire de gants dont nous parlions.

VAN BUCK

Et que veux-tu que j'en sache ?

VALENTIN

Il y a pour cela des probabilités qu'on peut calculer aisément. Convenez-vous que, si j'avais l'assurance qu'on peut la séduire en huit jours, j'aurais grand tort de l'épouser ?

VAN BUCK

Certainement. Quelle apparence ?...

VALENTIN

Je ne vous demande pas un plus long délai. La baronne ne m'a jamais vu, non plus que sa fille ; vous allez faire atteler, et vous irez leur faire visite. Vous leur direz qu'à votre grand regret, votre neveu reste garçon : j'arriverai au château une heure après vous, et vous aurez soin de ne pas me reconnaître ; voilà tout ce que je vous demande ; le reste ne regarde que moi.

VAN BUCK

Mais tu m'effrayes. Qu'est-ce que tu veux faire ? À quel titre te présenter ?

VALENTIN

C'est mon affaire ; ne me reconnaissez pas, voilà tout ce dont je vous charge. — Je passerai huit jours au château ; j'ai besoin d'air, et cela me fera du bien. Vous y resterez si vous voulez.

VAN BUCK

Deviens-tu fou ? et que prétends-tu faire ? Séduire une jeune fille en huit jours ? Faire le galant sous un nom supposé ? La belle trouvaille ! Il n'y a pas de contes de fées où ces niaiseries ne soient rebattues. Me prends-tu pour un oncle du Gymnase ?

VALENTIN

— Il est deux heures, allez-vous-en chez vous.

(Ils sortent.)

Scène II

Au château.
La baronne, Cécile, un Abbé, Un Maître de danse. La baronne, assise, cause avec l'abbé en faisant de la tapisserie. Cécile prend sa leçon de danse.

LA BARONNE

C'est une chose assez singulière que je ne trouve pas mon peloton bleu.

L'ABBÉ

Vous le teniez il y a un quart d'heure ; il aura roulé quelque part.

LE MAÎTRE DE DANSE

Si mademoiselle veut faire encore la poule, nous nous reposerons après cela.

CÉCILE

Je veux apprendre la valse à deux temps.

LE MAÎTRE DE DANSE

Madame la baronne s'y oppose. Ayez la bonté de tourner la tête, et de me faire des oppositions.

L'ABBÉ

Que pensez-vous, madame, du dernier sermon ? ne l'avez-vous pas entendu ?

LA BARONNE

C'est vert et rose, sur fond noir, pareil au petit meuble d'en haut.

L'ABBÉ

Plaît-il ?

LA BARONNE

Ah ! pardon, je n'y étais pas.

L'ABBÉ

J'ai cru vous y apercevoir.

LA BARONNE

Où donc ?

L'ABBÉ

À Saint-Roch, dimanche dernier.

LA BARONNE

Mais oui, très bien. Tout le monde pleurait ; le baron ne faisait que se moucher. Je m'en suis allée à la moitié, parce que ma voisine avait des odeurs, et que je suis en ce moment-ci entre les bras des homéopathes.

LE MAÎTRE DE DANSE

Mademoiselle, j'ai beau vous le dire, vous ne faites pas d'oppositions. Détournez donc légèrement la tête, et arrondissez-moi les bras.

CÉCILE

Mais, monsieur, quand on ne veut pas tomber, il faut bien regarder devant soi.

LE MAÎTRE DE DANSE

Fi donc ! C'est une chose horrible. Tenez, voyez ; y a-t-il rien de plus simple ? Regardez-moi ; est-ce que je tombe ? Vous allez à droite, vous regardez à gauche ; vous allez à gauche, vous regardez à droite ; il n'y a rien de plus naturel.

LA BARONNE

C'est une chose inconcevable que je ne trouve pas mon peloton bleu.

CÉCILE

Maman, pourquoi ne voulez-vous donc pas que j'apprenne la valse à deux temps ?

LA BARONNE

Parce que c'est indécent. — Avez-vous lu Jocelyn ?

L'ABBÉ

Oui, madame, il y a de beaux vers ; mais le fond, je vous l'avouerai…

LA BARONNE

Le fond est noir ; tout le petit meuble l'est ; vous verrez cela sur du palissandre.

CÉCILE

Mais, maman, miss Clary valse bien, et mesdemoiselles de Raimbaut aussi.

LA BARONNE

Miss Clary est Anglaise, mademoiselle. Je suis sûre, l'abbé, que vous êtes assis dessus.

L'ABBÉ

Moi, madame ! sur miss Clary !

LA BARONNE

Eh ! c'est mon peloton, le voilà. Non, c'est du rouge ; où est-il passé ?

L'ABBÉ

Je trouve la scène de l'évêque fort belle ; il y a certainement du génie, beaucoup de talent, et de la facilité.

CÉCILE

Mais, maman, de ce qu'on est Anglaise, pourquoi est-ce décent de valser ?

LA BARONNE

Il y a aussi un roman que j'ai lu, qu'on m'a envoyé de chez Mongie. Je ne sais plus le nom, ni de qui c'était. L'avez-vous lu ? C'est assez bien écrit.

L'ABBÉ

Oui, madame. Il semble qu'on ouvre la grille. Attendez-vous quelque visite ?

LA BARONNE

Ah ! c'est vrai ; Cécile, écoutez.

LE MAÎTRE DE DANSE

Madame la baronne veut vous parler, mademoiselle.

L'ABBÉ

Je ne vois pas entrer de voiture ; ce sont des chevaux qui vont sortir.

CÉCILE, *s'approchant.*

Vous m'avez appelée, maman ?

LA BARONNE

Non. Ah ! oui. Il va venir quelqu'un ; baissez-vous donc que je vous parle à l'oreille. — C'est un parti. Êtes-vous coiffée ?

CÉCILE

Un parti ?

LA BARONNE

Oui, très convenable. — Vingt-cinq à trente ans, ou plus jeune ; — non, je n'en sais rien ; très bien ; allez danser.

CÉCILE

Mais, maman, je voulais vous dire…

LA BARONNE

C'est incroyable où est allé ce peloton. Je n'en ai qu'un de bleu, et il faut qu'il s'envole.

(Entre Van Buck.)

VAN BUCK

Madame la baronne, je vous souhaite le bonjour. Mon neveu n'a pu venir avec moi ; il m'a chargé de vous présenter ses regrets, et d'excuser son manque de parole.

LA BARONNE

Ah bah ! vraiment, il ne vient pas ? Voilà ma fille qui prend sa leçon ; permettez-vous qu'elle continue ? Je l'ai fait descendre, parce que c'est trop petit chez elle.

VAN BUCK

J'espère bien ne déranger personne. Si mon écervelé de neveu…

LA BARONNE

Vous ne voulez pas boire quelque chose ? Asseyez-vous donc. Comment allez-vous ?

VAN BUCK

Mon neveu, madame, est bien fâché…

LA BARONNE

Écoutez donc que je vous dise. L'abbé, vous nous restez, pas vrai ? Eh bien ! Cécile, qu'est-ce qui t'arrive ?

LE MAÎTRE DE DANSE

Mademoiselle est lasse, madame.

LA BARONNE

Chansons ! si elle était au bal, et qu'il fût quatre heures du matin, elle ne serait pas lasse, c'est clair comme le jour. — Dites-moi donc, vous,

(Bas à Van Buck.)

Est-ce que c'est manqué ?

VAN BUCK

J'en ai peur ; et s'il faut tout dire…

LA BARONNE

Ah bah ! il refuse ? Eh bien ! c'est joli.

VAN BUCK

Mon Dieu, madame, n'allez pas croire qu'il y ait là de ma faute en rien. Je vous jure bien par l'âme de mon père…

LA BARONNE

Enfin il refuse, pas vrai ? C'est manqué ?

VAN BUCK

Mais, madame, si je pouvais sans mentir…

On entend un grand tumulte au-dehors.

LA BARONNE

Qu'est-ce que c'est ? regardez donc, l'abbé.

L'ABBÉ

Madame, c'est une voiture versée devant la porte du château. On apporte ici un jeune homme qui semble privé de sentiment.

LA BARONNE

Ah ! mon Dieu ! un mort qui m'arrive ! Qu'on arrange vite la chambre verte. Venez, Van Buck, donnez-moi le bras.

(Ils sortent.)

FIN DE L'ACTE PREMIER.

ACTE DEUXIÈME

Scène première

— Une allée sous une charmille. — Entrent Van Buck et Valentin, qui a le bras en écharpe.

VAN BUCK

Est-il possible, malheureux garçon, que tu te sois réellement démis le bras.

VALENTIN

Il n'y a rien de plus possible ; c'est même probable, — et, qui pis est, assez douloureusement réel.

VAN BUCK

Je ne sais lequel, dans cette affaire, est le plus à blâmer de nous deux. Vit-on jamais pareille extravagance !

VALENTIN

Il fallait bien trouver un prétexte pour m'introduire

convenablement. Quelle raison voulez-vous qu'on ait de se présenter ainsi incognito à une famille respectable ? J'avais donné un louis à mon postillon en lui demandant sa parole de me verser devant le château. C'est un honnête homme, il n'y a rien à lui dire, et son argent est parfaitement gagné : il a mis sa roue dans le fossé avec une constance héroïque. — Je me suis démis le bras, c'est ma faute, mais — j'ai versé, et je ne me plains pas. Au contraire, j'en suis bien aise ; cela donne aux choses un air de vérité qui intéresse en ma faveur.

VAN BUCK

Que vas-tu faire ? et quel est ton dessein ?

VALENTIN

Je ne viens pas du tout ici pour épouser mademoiselle de Mantes, mais uniquement pour vous prouver que j'aurais tort de l'épouser. Mon plan est fait, ma batterie pointée, et jusqu'ici tout va à merveille. Vous avez tenu votre promesse comme Régulus ou Hernani. Vous ne m'avez pas appelé mon neveu, c'est le principal et le plus difficile ; me voilà reçu, — hébergé, couché dans une belle chambre verte, de la fleur d'orange sur ma table, et des rideaux blancs à mon lit. — C'est une justice à rendre à votre baronne, elle m'a aussi bien recueilli que mon postillon m'a versé. Maintenant il s'agit de savoir si tout le reste ira à l'avenant. Je compte d'abord faire ma déclaration, secondement écrire un billet…

VAN BUCK

C'est inutile ; je ne souffrirai pas que cette mauvaise plaisanterie s'achève.

VALENTIN

Vous dédire ! Comme vous voudrez ; je me dédis aussi sur-le-champ.

VAN BUCK

Mais, mon neveu…

VALENTIN

Dites un mot, je reprends la poste et retourne à Paris ; plus de parole, plus de mariage ; vous me déshériterez si vous voulez.

VAN BUCK

C'est un guêpier incompréhensible, et il est inouï que je sois fourré là. Mais enfin voyons, explique-toi !

VALENTIN

Songez, mon oncle, à notre traité. Vous m'avez dit et accordé que, s'il était prouvé que ma future devait me ganter de certains gants, je serais un fou d'en faire ma femme. — Par conséquent, l'épreuve étant admise, vous trouverez bon, juste et convenable qu'elle soit aussi complète que possible. Ce que je dirai sera bien dit ; ce que j'essayerai, bien essayé, et ce que je pourrai faire, bien fait : vous ne me chercherez pas chicane, et j'ai carte blanche en tout cas.

VAN BUCK

Mais, monsieur, il y a pourtant de certaines bornes, de certaines choses… — Je vous prie de remarquer que, si vous allez vous prévaloir… — Miséricorde ! comme tu y vas !

VALENTIN

Si notre future est telle que vous la croyez et que vous me l'avez représentée, il n'y a pas le moindre danger, et elle ne peut que s'en trouver plus digne. Figurez-vous que je suis le premier venu ; je suis amoureux de mademoiselle de Mantes, vertueuse épouse de Valentin Van Buck ; songez comme la jeunesse du jour est entreprenante et hardie ! que ne fait-on pas, d'ailleurs, quand on aime ? Quelles escalades, quelles lettres de quatre pages, quels torrents de larmes, quels cornets de dragées ! Devant quoi recule un amant ? De quoi peut-on lui demander compte ? Quel mal fait-il, et de quoi s'offenser ? il aime. Ô mon oncle Van Buck ! rappelez-vous le temps où vous aimiez.

VAN BUCK

De tout temps j'ai été décent, et j'espère que vous le serez, sinon je dis tout à la baronne.

VALENTIN

Je ne compte rien faire qui puisse choquer personne. Je compte d'abord faire ma déclaration ; secondement, écrire plusieurs billets ; troisièmement, gagner la fille de chambre ; quatrièmement, rôder dans les petits coins ; cinquièmement, prendre l'empreinte des serrures avec de la cire à cacheter ; sixièmement, faire une échelle de cordes, et couper les vitres avec ma bague ; septièmement, me mettre à genoux par terre en récitant la Nouvelle Héloïse ; et huitièmement, si je ne réussis pas, m'aller noyer dans la pièce d'eau ; mais je vous jure d'être décent, et de ne pas dire un seul gros mot, ni rien qui blesse les convenances.

VAN BUCK

Tu es un roué et un impudent ; je ne souffrirai rien de pareil.

VALENTIN

Mais pensez donc que tout ce que je vous dis là, dans quatre ans d'ici un autre le fera, si j'épouse mademoiselle de Mantes ; et comment voulez-vous que je sache de quelle résistance elle est capable, si je ne l'ai d'abord essayé moi-même ? Un autre tentera bien plus encore, et aura devant lui un bien autre délai ; en ne demandant que huit jours, j'ai fait un acte de grande humilité.

VAN BUCK

C'est un piège que tu m'as tendu ; jamais je n'ai prévu cela.

VALENTIN

Et que pensiez-vous donc prévoir quand vous avez accepté la gageure ?

VAN BUCK

Mais, mon ami, je pensais, je croyais, — je croyais que tu allais faire ta cour,... mais poliment,... à cette jeune personne, comme, par exemple, de lui... de lui dire... Ou si par hasard,... et encore je n'en sais rien... Mais que diable ! tu es effrayant.

VALENTIN

Tenez ! voilà la blanche Cécile qui nous arrive à petits pas. — Entendez-vous craquer le bois sec ? La mère tapisse avec son abbé. Vite, fourrez-vous dans la charmille. — Vous serez témoin de la première escarmouche, et vous m'en direz votre avis.

VAN BUCK

Tu l'épouseras si elle te reçoit mal ?

(Il se cache — dans la charmille.)

VALENTIN

Laissez-moi faire, et ne bougez pas. Je suis ravi de vous avoir pour spectateur, et l'ennemi détourne l'allée. Puisque vous m'avez appelé fou, je veux vous montrer qu'en fait d'extravagances, les plus fortes sont les meilleures. Vous allez voir, avec un peu d'adresse, ce que rapportent les blessures honorables reçues pour plaire à la beauté. — Considérez cette démarche pensive, et faites-moi la grâce de me dire si ce bras estropié ne me sied pas. Eh ! que voulez-vous ! c'est qu'on est pâle ; il n'y a au monde que cela. Un jeune malade, à pas lents... — Surtout pas de bruit ; voici l'instant critique ; respectez la foi des serments. — Je vais m'asseoir au pied d'un arbre, comme un pasteur des temps passés.

(Entre Cécile, un livre à la main.)

VALENTIN

— Déjà levée, mademoiselle, et seule à cette heure dans le bois ?

CÉCILE

C'est vous, monsieur ? je ne vous reconnaissais pas. Comment se porte votre foulure ?

VALENTIN, *à part.*

Foulure ! voilà un vilain mot.

(Haut.)

C'est trop de grâce que vous me faites, et il y a de certaines blessures qu'on ne sent jamais qu'à demi.

CÉCILE

Vous a-t-on servi à déjeuner ?

VALENTIN

Vous êtes trop bonne ; de toutes les vertus de votre sexe, l'hospitalité est la moins commune, et on ne la trouve nulle part aussi douce, aussi précieuse que chez vous ; et si l'intérêt qu'on m'y témoigne…

CÉCILE

Je vais dire qu'on vous monte un bouillon.

(Elle sort.)

VAN BUCK, *rentrant.*

Tu l'épouseras ! tu l'épouseras ! Avoue qu'elle a été parfaite. Quelle naïveté ! quelle pudeur divine ! On ne peut pas faire un meilleur choix.

VALENTIN

Un moment, mon oncle, un moment ; vous allez bien vite en besogne.

VAN BUCK

Pourquoi pas ? Il n'en faut pas plus ; tu vois clairement à qui tu as affaire, et ce sera toujours de même. Que tu seras heureux avec cette femme-là ! Allons tout dire à la baronne ; je me charge de l'apaiser.

VALENTIN

Bouillon ! Comment une jeune fille peut-elle prononcer ce mot-là ? Elle me déplaît ; elle est laide et sotte. Adieu, mon oncle, je retourne à Paris.

VAN BUCK

Plaisantez-vous ? où est votre parole ? Est-ce ainsi qu'on se joue de moi ? — Que signifient ces yeux baissés et cette contenance défaite ? — Est-ce à dire que vous me prenez pour un libertin de votre espèce, et que vous vous servez de ma folle complaisance comme d'un manteau pour vos méchants desseins ? N'est-ce donc vraiment qu'une séduction que vous venez tenter ici sous le masque de cette épreuve ? Jour de Dieu ! si je le croyais !...

VALENTIN

Elle me déplaît, ce n'est pas ma faute, et je n'en ai pas répondu.

VAN BUCK

En quoi peut-elle vous déplaire ? elle est jolie, ou je ne m'y connais pas. Elle a les yeux longs et bien fendus, des cheveux superbes, une taille passable. Elle est parfaitement bien élevée ; elle sait l'anglais et l'italien ; elle aura trente mille livres de rente, et en attendant une très belle dot. Quel reproche pouvez-vous lui faire, et pour quelle raison n'en voulez-vous pas ?

VALENTIN

Il n'y a jamais de raison à donner pourquoi les gens plaisent ou déplaisent. Il est certain qu'elle me déplaît, elle, sa foulure et son bouillon.

VAN BUCK

C'est votre amour-propre qui souffre. Si je n'avais pas été là, vous seriez venu me faire cent contes sur votre premier entretien, et vous targuer de belles espérances. Vous vous étiez imaginé faire sa conquête en un clin d'œil, et c'est là où le bât vous blesse. — Elle vous plaisait hier au soir, quand vous ne l'aviez encore qu'entrevue, et qu'elle s'empressait avec sa mère à vous soigner de votre sot accident. Maintenant — vous la trouvez laide, parce qu'elle fait à peine attention à vous. Je vous connais mieux que vous ne pensez, et je ne céderai pas si vite. Je vous défends de vous en aller.

VALENTIN

Comme vous voudrez. Je ne veux pas d'elle ; je vous répète que je la trouve laide ; elle a un air niais qui est révoltant. Ses yeux sont grands, c'est vrai, mais ils ne veulent rien dire ; — ses cheveux sont beaux, mais elle a le front plat ; — quant à la taille, c'est peut-être ce qu'elle a de mieux, quoique vous ne la trouviez que passable. Je la félicite de savoir l'italien, elle y a peut-être plus d'esprit qu'en français ; pour ce qui est de sa dot, qu'elle la garde, je n'en veux pas plus que de son bouillon.

VAN BUCK

A-t-on idée d'une pareille tête, et peut-on s'attendre à rien de semblable ? Va, va ! ce que je disais hier n'est que la pure vérité. Tu n'es capable que de rêver de balivernes, et je ne veux plus m'occuper de toi. Épouse une blanchisseuse si tu veux. Puisque tu refuses ta fortune, lorsque tu l'as entre les mains, que le hasard décide du reste ; cherche-le au fond de tes cornets. Dieu m'est témoin que ma patience a été telle depuis trois ans, que nul autre peut-être à ma place…

VALENTIN

Est-ce que je me trompe ? Regardez donc, mon oncle, il me semble qu'elle revient par ici. Oui, je l'aperçois entre les arbres ; elle va repasser dans le taillis.

VAN BUCK

Où donc ? quoi ? qu'est-ce que tu dis ?

VALENTIN

Ne voyez-vous pas une robe blanche derrière ces touffes de lilas ?

Je ne me trompe pas, c'est bien elle. Vite, mon oncle, rentrez — dans la charmille — , qu'on ne nous surprenne pas ensemble.

VAN BUCK

À quoi bon, puisqu'elle te déplaît ?

VALENTIN

Il n'importe, je veux l'aborder, pour que vous ne puissiez pas dire que je l'ai jugée trop légèrement.

VAN BUCK

Tu l'épouseras si elle persévère ?
(Il se cache de nouveau.)

VALENTIN

Chut ! pas de bruit ; la voici qui arrive.

CÉCILE, *entrant.*

Monsieur, ma mère m'a chargée de vous demander si vous comptiez partir aujourd'hui.

VALENTIN

Oui, mademoiselle, c'est mon intention, et j'ai demandé des chevaux.

CÉCILE

C'est qu'on fait un whist au salon, et que ma mère vous serait bien obligée si vous vouliez faire le quatrième.

VALENTIN

J'en suis fâché, mais je ne sais pas jouer.

CÉCILE

Et si vous vouliez rester à dîner, nous avons un faisan truffé.

VALENTIN

Je vous remercie ; je n'en mange pas.

CÉCILE

Après dîner, il nous vient du monde, et nous danserons la mazourke.

VALENTIN

Excusez-moi, je ne danse jamais.

CÉCILE

C'est bien dommage. Adieu, monsieur.
(Elle sort.)

VAN BUCK, *rentrant.*

Ah çà ! voyons, l'épouseras-tu ? Qu'est-ce que tout cela signifie ? Tu dis que tu as demandé des chevaux : est-ce que c'est vrai ? ou si tu te moques de moi ?

VALENTIN

Vous aviez raison, elle est agréable ; je la trouve mieux que la première fois ; elle a un petit signe au coin de la bouche que je n'avais pas remarqué.

VAN BUCK

Où vas-tu ? Qu'est-ce qui t'arrive ? Veux-tu me répondre sérieusement ?

VALENTIN

Je ne vais nulle part, je me promène avec vous. Est-ce que vous la trouvez mal faite ?

VAN BUCK

Moi ? Dieu m'en garde ! je la trouve complète en tout.

VALENTIN

Il me semble qu'il est bien matin pour jouer au whist ; y jouez-vous, mon oncle ? Vous devriez rentrer au château.5

VAN BUCK

Certainement, je devrais y rentrer ; j'attends que vous daigniez me répondre. Restez-vous ici, oui ou non ?

VALENTIN

Si je reste, c'est pour notre gageure ; je n'en voudrais pas avoir le démenti ; mais ne comptez sur rien jusqu'à tantôt ; — mon bras malade me met au supplice.

VAN BUCK

Rentrons ; tu te reposeras.

VALENTIN

Oui, — j'ai envie de prendre ce bouillon qui est là-haut ; il faut que j'écrive ; je vous reverrai à dîner.

VAN BUCK

Écrire ! j'espère que ce n'est pas à elle que tu écriras.

VALENTIN

Si je lui écris, c'est pour notre gageure. Vous savez que c'est convenu.

VAN BUCK

Je m'y oppose formellement, à moins que tu ne me montres ta lettre.

VALENTIN

Tant que vous voudrez. Je vous dis et je vous répète qu'elle me plaît médiocrement.

VAN BUCK

Quelle nécessité de lui écrire ? Pourquoi ne lui as-tu pas fait tout à l'heure ta déclaration de vive voix, comme tu te l'étais promis ?

VALENTIN

Pourquoi ?

VAN BUCK

Sans doute ; qu'est-ce qui t'en empêchait ? Tu avais le plus beau courage du monde.

VALENTIN

— C'est que mon bras me faisait souffrir. — Tenez ! la voilà qui repasse une troisième fois ; la voyez-vous là-bas dans l'allée ?

VAN BUCK

Elle tourne autour de la plate-bande, et la charmille est circulaire. Il n'y a rien là que de très convenable.

VALENTIN

Ah ! coquette fille ! c'est autour du feu qu'elle tourne, comme un papillon ébloui. Je veux jeter cette pièce à pile ou face pour savoir si je l'aimerai.

VAN BUCK

Tâche donc qu'elle t'aime auparavant ; le reste est le moins difficile.

VALENTIN

Soit. Regardons-la bien tous les deux. Elle va passer entre ces deux touffes d'arbres. Si elle tourne la tête de notre côté, je l'aime ; sinon, je m'en vais à Paris.

VAN BUCK

Gageons qu'elle ne se retourne pas.

VALENTIN

Oh, que si ! Ne la perdons pas de vue.

VAN BUCK

Tu as raison. — Non, pas encore ; elle paraît lire attentivement.

VALENTIN

Je suis sûr qu'elle va se retourner.

VAN BUCK

Non, elle avance ; la touffe d'arbres approche. Je suis convaincu qu'elle n'en fera rien.

VALENTIN

Elle doit pourtant nous voir, rien ne nous cache ; je vous dis qu'elle se retournera.

VAN BUCK

Elle a passé, tu as perdu.

VALENTIN

Je vais lui écrire, ou que le ciel m'écrase ! Il faut que je sache à quoi m'en tenir. C'est incroyable qu'une petite fille traite les gens aussi légèrement. Pure hypocrisie ! pur manège ! Je vais lui dépêcher un billet en règle ; je lui dirai que je meurs d'amour pour elle, que je me suis cassé le bras pour la voir, que si elle me repousse je me brûle la cervelle, et que si elle veut de moi je l'enlève demain matin. — Venez, rentrons, je veux écrire devant vous.

VAN BUCK

Tout beau, mon neveu ! quelle mouche vous pique ? Vous nous ferez quelque mauvais tour ici.

VALENTIN

Croyez-vous donc que deux mots en l'air puissent signifier quelque chose ? Que lui ai-je dit que d'indifférent, et que m'a-t-elle dit elle-même ? Il est tout simple qu'elle ne se retourne pas. Elle ne sait rien, et je n'ai rien su lui dire. Je ne suis qu'un sot, si vous voulez ; il est possible que je me pique d'orgueil et que mon amour-propre soit en jeu. Belle ou laide, peu m'importe ; je veux voir clair dans son âme. Il y a là-dessous quelque ruse, quelque parti pris que nous ignorons ; laissez-moi faire, tout s'éclaircira.

VAN BUCK

Le diable m'emporte ! tu parles en amoureux. Est-ce que tu le serais par hasard ?

VALENTIN

Non ; je vous ai dit qu'elle me déplaît. Faut-il vous rebattre cent fois la même chose ? Dépêchons-nous, — rentrons au château.

VAN BUCK

Je vous ai dit que je ne veux pas de lettre, et surtout de celle dont vous parlez.

VALENTIN

Venez toujours, nous nous déciderons.
(Ils sortent.)

Scène II

— Le salon. — La baronne et l'abbé, devant une table de jeu préparée.

LA BARONNE

Vous direz ce que vous voudrez, c'est désolant de jouer avec un mort. Je déteste la campagne à cause de cela.

L'ABBÉ

Mais où est donc M. Van Buck ? — est-ce qu'il n'est pas encore descendu ?

LA BARONNE

Je l'ai vu tout à l'heure dans le parc avec ce monsieur de la chaise, qui, par parenthèse, n'est guère poli de ne pas vouloir nous rester à dîner.

L'ABBÉ

S'il a des affaires pressées…

LA BARONNE

Bah ! des affaires, tout le monde en a. La belle excuse ! Si on ne pensait jamais qu'aux affaires, on ne serait jamais à rien. Tenez ! l'abbé, jouons au piquet ; je me sens d'une humeur massacrante.

L'ABBÉ, *mêlant les cartes.*

Il est certain que les jeunes gens du jour ne se piquent pas d'être polis.

LA BARONNE

Polis ! je crois bien. Est-ce qu'ils s'en doutent ? et qu'est-ce que c'est que d'être poli ? Mon cocher est poli. De mon temps, l'abbé, on était galant.

L'ABBÉ

C'était le bon, madame la baronne, et plût au ciel que j'y fusse né !

LA BARONNE

J'aurais voulu voir que mon frère, qui était à Monsieur, tombât de carrosse à la porte d'un château, et qu'on l'y eût gardé à coucher. Il aurait plutôt perdu sa fortune que de refuser de faire un quatrième. Tenez ! ne parlons plus de ces choses-là. C'est à vous de prendre ; vous n'en laissez pas ?

L'ABBÉ

Je n'ai pas un as ; voilà M. Van Buck.
(Entre Van Buck.)

LA BARONNE

Continuons ; c'est à vous de parler.

VAN BUCK, *bas à la baronne.*

Madame, j'ai deux mots à vous dire qui sont de la dernière importance.

LA BARONNE

Eh bien ! après le marqué.

L'ABBÉ

Cinq cartes, valant quarante-cinq.

LA BARONNE

Cela ne vaut pas.
(À Van Buck.)
Qu'est-ce donc ?

VAN BUCK

Je vous supplie de m'accorder un moment ; je ne puis parler devant un tiers, et ce que j'ai à vous dire ne souffre aucun retard.

LA BARONNE, *se levant.*

Vous me faites peur ; de quoi s'agit-il ?

VAN BUCK

Madame, c'est une grave affaire, et vous allez peut-être vous fâcher contre moi. La nécessité me force de manquer à une promesse que mon imprudence m'a fait accorder. Le jeune homme à qui vous avez donné l'hospitalité — cette nuit — est mon neveu.

LA BARONNE

Ah bah ! quelle idée !

VAN BUCK

Il désirait approcher de vous sans être connu ; je n'ai pas cru mal faire en me prêtant à une fantaisie qui, en pareil cas, n'est pas nouvelle.

LA BARONNE

Ah, mon Dieu ! j'en ai vu bien d'autres !

VAN BUCK

Mais je dois vous avertir qu'à l'heure qu'il est, il vient d'écrire à mademoiselle de Mantes, et dans les termes les moins retenus. Ni mes menaces, ni mes prières n'ont pu le dissuader de sa folie ; et un de vos gens, je le dis à regret, s'est chargé de remettre le billet à son adresse. Il s'agit d'une déclaration d'amour, et, je dois ajouter, des plus extravagantes.

LA BARONNE

Vraiment ? eh bien ! ce n'est pas si mal. Il a de la tête, votre petit bonhomme.

VAN BUCK

Jour de Dieu ! je vous en réponds ! ce n'est pas d'hier que j'en sais quelque chose. Enfin, madame, c'est à vous d'aviser aux moyens de détourner les suites de cette affaire. Vous êtes chez vous ; et, quant à moi, je vous avouerai que je suffoque et que les jambes vont me manquer. Ouf !

(Il tombe dans une chaise.)

LA BARONNE

Ah ciel ! qu'est-ce que vous avez donc ? Vous êtes pâle comme un linge ! Vite ! racontez-moi tout ce qui s'est passé, et faites-moi confidence entière.

VAN BUCK

Je vous ai tout dit ; je n'ai rien à ajouter.

LA BARONNE

Ah bah ! ce n'est que ça ? Soyez donc sans crainte : si votre neveu a écrit à Cécile, la petite me montrera le billet.

VAN BUCK

En êtes-vous sûre, baronne ? Cela est dangereux.

LA BARONNE

Belle question ! Où en serions-nous si une fille ne montrait pas à sa mère une lettre qu'on lui écrit ?

VAN BUCK

Hum ! je n'en mettrais pas ma main au feu.

LA BARONNE

Qu'est-ce à dire, monsieur Van Buck ? Savez-vous à qui vous parlez ? Dans quel monde avez-vous vécu pour élever un pareil doute ? Je ne sais pas trop comme on fait aujourd'hui, ni de quel train va votre bourgeoisie ; mais, vertu de ma vie ! en voilà assez ; j'aperçois justement ma fille, et vous verrez qu'elle m'apporte sa lettre. Venez, l'abbé, continuons.

(Elle se remet au jeu. — Entre Cécile, qui va à la fenêtre, prend son ouvrage et s'assoit à l'écart.)

L'ABBÉ

Quarante-cinq ne valent pas ?

LA BARONNE

Non, vous n'avez rien ; quatorze d'as, six et quinze, c'est quatre-vingt-quinze. À vous de jouer.

L'ABBÉ

Trèfle. Je crois que je suis capot.

VAN BUCK, *bas à la baronne.*

Je ne vois pas que mademoiselle Cécile vous fasse encore de confidence.

LA BARONNE, *bas à Van Buck.*

Vous ne savez ce que vous dites ; c'est l'abbé qui la gêne ; je suis sûre d'elle comme de moi. Je fais repic seulement. Cent, et dix-sept de reste. À vous à faire.

UN DOMESTIQUE, *entrant.*

Monsieur l'abbé, on vous demande ; c'est le sacristain et le bedeau du village.

L'ABBÉ

Qu'est-ce qu'ils me veulent ? je suis occupé.

LA BARONNE

Donnez vos cartes à Van Buck ; il jouera ce coup-ci pour vous. *(L'abbé sort. Van Buck prend sa place.)*

LA BARONNE

C'est vous qui faites, et j'ai coupé. Vous êtes marqué, selon toute apparence. Qu'est-ce que vous avez donc dans les doigts ?

VAN BUCK, *bas.*

Je vous confesse que je ne suis pas tranquille : votre fille ne dit mot, et je ne vois pas mon neveu.

LA BARONNE

Je vous dis que j'en réponds ; c'est vous qui la gênez ; je la vois d'ici qui me fait des signes.

VAN BUCK

Vous croyez ? moi, je ne vois rien.

LA BARONNE

Cécile, venez donc un peu ici ; vous vous tenez à une lieue.
(Cécile approche son fauteuil.)
Est-ce que vous n'avez rien à me dire, ma chère ?

CÉCILE

Moi ? Non, maman.

LA BARONNE

Ah bah ! Je n'ai que quatre cartes, Van Buck ; le point est à vous. J'ai trois valets.

VAN BUCK

Voulez-vous que je vous laisse seules ?

LA BARONNE

Non ; restez donc, ça ne fait rien. Cécile, tu peux parler devant monsieur.

CÉCILE

Moi, maman ? Je n'ai rien de secret à dire.

LA BARONNE

Vous n'avez pas à me parler ?

CÉCILE

Non, maman.

LA BARONNE

C'est inconcevable ; qu'est-ce que vous venez donc me conter, Van Buck ?

VAN BUCK

Madame, j'ai dit la vérité.

LA BARONNE

Ça ne se peut pas : Cécile n'a rien à me dire ; il est clair qu'elle n'a rien reçu.

VAN BUCK, *se levant.*

Eh morbleu ! je l'ai vu de mes yeux.

LA BARONNE, *se levant aussi.*

Ma fille, qu'est-ce que cela signifie ? levez-vous droite, et regardez-moi. Qu'est-ce que vous avez dans vos poches ?

CÉCILE, *pleurant.*

Mais, maman, ce n'est pas ma faute ; c'est ce monsieur qui m'a écrit.

LA BARONNE

Voyons cela.

(Cécile donne la lettre.)

Je suis curieuse de lire de son style, à ce monsieur, comme vous l'appelez.

(Elle lit.)

« Mademoiselle, je meurs d'amour pour vous. Je vous ai vue l'hiver passé, et, vous sachant à la campagne, j'ai résolu de vous revoir ou de mourir. J'ai donné un louis à mon postillon... »

Ne voudrait-il pas qu'on le lui rendît ? Nous avons bien affaire de le savoir !

« à mon postillon, pour me verser devant votre porte. Je vous ai rencontrée deux fois ce matin, et je n'ai rien pu vous dire, tant votre présence m'a troublé ! Cependant la crainte de vous perdre, et l'obligation de quitter le château... »

J'aime beaucoup ça ! Qui est-ce qui le priait de partir ? C'est lui qui me refuse de rester à dîner.

« me déterminent à vous demander de m'accorder un rendez-vous. Je sais que je n'ai aucun titre à votre confiance... »

La belle remarque, et faite à propos !

« mais l'amour peut tout excuser ; ce soir, à neuf heures, pendant le bal, je serai caché dans le bois ; tout le monde ici me croira parti, car je sortirai du château en voiture avant dîner, mais seulement pour faire quatre pas et descendre. »

Quatre pas ! quatre pas ! l'avenue est longue ; ne dirait-on pas qu'il n'y a qu'à enjamber ?

« et descendre. Si dans la soirée vous pouvez vous échapper, je vous attends ; sinon je me brûle la cervelle. »

Bien.

« ... la cervelle. Je ne crois pas que votre mère... »

Ah ! que votre mère ? voyons un peu cela.

« fasse grande attention à vous. Elle a une tête de gir... »

Monsieur Van Buck, qu'est-ce que cela signifie ?

VAN BUCK

Je n'ai pas entendu, madame.

LA BARONNE

Lisez vous-même, et faites-moi le plaisir de dire à votre neveu qu'il sorte de ma maison tout à l'heure, et qu'il n'y mette jamais les pieds.

VAN BUCK

Il y a girouette, c'est positif ; je ne m'en étais pas aperçu. Il m'avait cependant lu sa lettre avant que de la cacheter.

LA BARONNE

Il vous avait lu cette lettre et vous l'avez laissé la donner à mes gens ! Allez ! vous êtes un vieux sot, et je ne vous reverrai de ma vie.

(Elle sort. On entend le bruit d'une voiture.)

VAN BUCK

Qu'est-ce que c'est ? mon neveu qui part sans moi ? Eh ! comment veut-il que je m'en aille ? j'ai renvoyé mes chevaux. Il faut que je coure après lui.

(Il sort en courant.)

CÉCILE, *seule.*

C'est singulier ; pourquoi m'écrit-il, quand tout le monde veut bien qu'il m'épouse ?

FIN DE L'ACTE DEUXIÈME.

ACTE TROISIÈME

Scène première

— Un chemin. — Entrent Van Buck et Valentin, qui frappe à une auberge.

VALENTIN

Holà ! hé ! y a-t-il quelqu'un ici capable de me faire une commission ?

UN GARÇON, *sortant.*

Oui, monsieur, si ce n'est pas trop loin ; car vous voyez qu'il pleut à verse.

VAN BUCK

Je m'y oppose de toute mon autorité, et au nom des lois du royaume.

VALENTIN

Connaissez-vous le château de Mantes, ici près ?

LE GARÇON

Que oui, monsieur ; nous y allons tous les jours. C'est à main gauche ; on le voit d'ici.

VAN BUCK

Mon ami, je vous défends d'y aller, si vous avez quelque notion du bien et du mal.

VALENTIN

Il y a deux louis à gagner pour vous. Voilà une lettre pour mademoiselle de Mantes, que vous remettrez à sa femme de chambre, et non à d'autres, et en secret. Dépêchez-vous et revenez.

LE GARÇON

Ô monsieur ! n'ayez pas peur.

VAN BUCK

Voilà quatre louis si vous refusez.

LE GARÇON

Ô monseigneur ! il n'y a pas de danger.

VALENTIN

En voilà dix ; et si vous n'y allez pas, je vous casse ma canne sur le dos !

LE GARÇON

Ô mon prince ! soyez tranquille ; je serai bientôt revenu.
(Il sort.)

VALENTIN

Maintenant, mon oncle, mettons-nous à l'abri ; et si vous m'en croyez, buvons un verre de bière. Cette course à pied doit vous avoir fatigué.

(Ils s'assoient sur un banc.)

VAN BUCK

Sois-en certain, je ne te quitterai pas ! j'en jure par l'âme de feu mon frère et par la lumière du soleil. Tant que mes pieds pourront me porter, tant que ma tête sera sur mes épaules, je m'opposerai à cette action infâme et à ses horribles conséquences.

VALENTIN

Soyez-en sûr, je n'en démordrai pas ; j'en jure par ma juste colère et par la nuit qui me protégera. Tant que j'aurai du papier et de l'encre, et qu'il me restera un louis dans ma poche, je poursuivrai et achèverai mon dessein, quelque chose qui puisse en arriver.

VAN BUCK

N'as-tu donc plus ni foi ni vergogne, et se peut-il que tu sois mon sang ? Quoi ! ni le respect pour l'innocence, ni le sentiment du convenable, ni la certitude de me donner la fièvre, rien n'est capable de te toucher !

VALENTIN

N'avez-vous donc ni orgueil ni honte, et se peut-il que vous soyez mon oncle ? Quoi ! ni l'insulte que l'on nous fait, ni la manière dont on nous chasse, ni les injures qu'on vous a dites à votre barbe, rien n'est capable de vous donner du cœur !

VAN BUCK

Encore si tu étais amoureux ! si je pouvais croire que tant d'extravagances partent d'un motif qui eût quelque chose d'humain ! Mais non, tu n'es qu'un Lovelace, tu ne respires que trahisons, et la plus exécrable vengeance est ta seule soif et ton seul amour.

VALENTIN

Encore si je vous voyais pester ! si je pouvais me dire qu'au fond de l'âme vous envoyez cette baronne et son monde à tous les diables ! Mais non, vous ne craignez que la pluie, vous ne pensez qu'au mauvais temps qu'il fait, et le soin de vos bas chinés est votre seule peur et votre seul tourment.

VAN BUCK

Ah ! qu'on a bien raison de dire qu'une première faute mène à un précipice ! Qui m'eût pu prédire ce matin, lorsque le barbier m'a rasé et que j'ai mis mon habit neuf, que je serais ce soir dans une grange, crotté et trempé jusqu'aux os ! Quoi ! c'est moi ! Dieu juste ! à mon âge, il faut que je quitte ma chaise de poste où nous étions si bien installés, il faut que je coure à la suite d'un fou à travers champs en rase campagne ! Il faut que je me traîne à ses talons, comme un confident de tragédie, et le résultat de tant de sueurs sera le déshonneur de mon nom !

VALENTIN

C'est au contraire par la retraite que nous pourrions nous déshonorer, et non par une glorieuse campagne dont nous ne sortirons que vainqueurs. — Rougissez, mon oncle Van Buck, mais que ce soit d'une noble indignation. Vous me traitez de Lovelace : oui, par le ciel ! ce nom me convient. Comme à lui, on me ferme une porte surmontée de fières armoiries ; comme lui, une famille odieuse croit m'abattre par un affront ; comme lui, comme l'épervier, j'erre et je tournoie aux environs ; mais comme lui je saisirai ma proie, et, comme Clarisse, la sublime bégueule, ma bien-aimée m'appartiendra.

VAN BUCK

Ah ciel ! que ne suis-je à Anvers, assis devant mon comptoir, sur mon fauteuil de cuir, et dépliant mon taffetas ! Que mon frère n'est-il mort garçon, au lieu de se marier à quarante ans passés ! Ou plutôt que ne suis-je mort moi-même le premier jour que la baronne de Mantes m'a invité à déjeuner !

VALENTIN

Ne regrettez que le moment où, par une fatale faiblesse, vous avez révélé à cette femme le secret de notre traité. C'est vous qui avez causé le mal ; cessez de m'injurier, moi qui le réparerai. Doutez-vous que cette petite fille, qui cache si bien les billets doux dans les poches de son tablier, ne fût venue au rendez-vous donné ? Oui, à coup sûr elle y serait venue ; donc elle viendra encore mieux cette fois. Par mon patron ! je me fais une fête de la voir descendre, en peignoir, en cornette et en petits souliers, de cette grande caserne de briques rouillées ! Je ne l'aime pas ; mais je l'aimerais, que la vengeance serait la plus forte, et tuerait l'amour dans mon cœur. Je jure qu'elle sera ma maîtresse, mais qu'elle ne sera jamais ma femme ; il n'y a maintenant ni épreuve, ni promesse, ni alternative ; je veux qu'on se souvienne à jamais dans cette famille du jour où l'on m'en a chassé.

L'AUBERGISTE, *sortant de sa maison.*

Messieurs, le soleil commence à baisser : est-ce que vous ne me ferez pas l'honneur de dîner chez moi ?

VALENTIN

Si fait : apportez-nous la carte, et faites-nous allumer du feu. Dès que votre garçon sera revenu, vous lui direz qu'il me donne réponse. Allons ! mon oncle, un peu de fermeté ; venez et commandez le dîner.

VAN BUCK

Ils auront du vin détestable, je connais le pays ; c'est un vinaigre affreux.

L'AUBERGISTE

Pardonnez-moi ; nous avons du champagne, du chambertin, et tout ce que vous pouvez désirer.

VAN BUCK

En vérité ! dans un trou pareil ? c'est impossible ; vous nous en imposez.

L'AUBERGISTE

C'est ici que descendent les messageries, et vous verrez si nous manquons de rien.

VAN BUCK

Allons ! tâchons donc de dîner ; je sens que ma mort est prochaine, et que dans peu je ne dînerai plus.

(Ils sortent.)

Scène II

— Au château. Un salon. — Entrent La Baronne et l'abbé.

LA BARONNE

Dieu soit loué, ma fille est enfermée ! Je crois que j'en ferai une maladie.

L'ABBÉ

Madame, s'il m'est permis de vous donner un conseil, je vous dirai que j'ai grandement peur. Je crois avoir vu en traversant la cour un homme en blouse et d'assez mauvaise mine, qui avait une lettre à la main.

LA BARONNE

Le verrou est mis ; il n'y a rien à craindre. Aidez-moi un peu à ce bal ; je n'ai pas la force de m'en occuper.

L'ABBÉ

Dans une circonstance aussi grave, ne pourriez-vous retarder vos projets ?

LA BARONNE

Êtes-vous fou ? Vous verrez que j'aurai fait venir tout le faubourg Saint-Germain de Paris, pour le remercier et le mettre à la porte ! Réfléchissez donc à ce que vous dites.

L'ABBÉ

Je croyais qu'en telle occasion on aurait pu, sans blesser personne…

LA BARONNE

Et au milieu de ça, je n'ai pas de bougies ! Voyez donc un peu si Dupré est là.

L'ABBÉ

Je pense qu'il s'occupe des sirops.

LA BARONNE

Vous avez raison : ces maudits sirops, voilà encore de quoi mourir. Il y a huit jours que j'ai écrit moi-même, et ils ne sont arrivés qu'il y a une heure. Je vous demande si on va boire ça !

L'ABBÉ

Cet homme en blouse, madame la baronne, est quelque émissaire, n'en doutez pas. Il m'a semblé, autant que je me le rappelle, qu'une de vos femmes causait avec lui. Ce jeune homme d'hier est mauvaise tête, et il faut songer que la manière assez verte dont vous vous en êtes délivrée…

LA BARONNE

Bah ! des Van Buck ? des marchands de toile ? qu'est-ce que vous voulez donc que ça fasse ? Quand ils crieraient, est-ce qu'ils ont voix ? Il faut que je démeuble le petit salon ; jamais je n'aurai de quoi asseoir mon monde.

L'ABBÉ

Est-ce dans sa chambre, madame, que votre fille est enfermée ?

LA BARONNE

Dix et dix font vingt ; les Raimbaut sont quatre ; vingt, trente. Qu'est-ce que vous dites, l'abbé ?

L'ABBÉ

Je demande, madame la baronne, si c'est dans sa belle chambre jaune que mademoiselle Cécile est enfermée ?

LA BARONNE

Non ; c'est là, dans la bibliothèque ; c'est encore mieux, je l'ai sous la main. Je ne sais ce qu'elle fait, ni si on l'habille, et voilà la migraine qui me prend.

L'ABBÉ

Désirez-vous que je l'entretienne ?

LA BARONNE

Je vous dis que le verrou est mis ; ce qui est fait est fait ; nous n'y pouvons rien.

L'ABBÉ

Je pense que c'était sa femme de chambre qui causait avec ce lourdaud. Veuillez me croire, je vous en supplie ; il s'agit là de quelque anguille sous roche qu'il importe de ne pas négliger.

LA BARONNE

Décidément il faut que j'aille à l'office ; c'est la dernière fois que je reçois ici.

(Elle sort.)

L'ABBÉ, *seul.*

Il me semble que j'entends du bruit dans la pièce attenante à ce salon. Ne serait-ce point la jeune fille ? Hélas ! ceci est inconsidéré !

CÉCILE, *en dehors.*

Monsieur l'abbé, voulez-vous m'ouvrir ?

L'ABBÉ

Mademoiselle, je ne le puis sans autorisation préalable.

CÉCILE, *de même.*

La clef est là, sous le coussin de la causeuse ; vous n'avez qu'à la prendre, et vous m'ouvrirez.

L'ABBÉ, *prenant la clef.*

Vous avez raison, mademoiselle, la clef s'y trouve effectivement ; mais je ne puis m'en servir d'aucune façon, bien contrairement à mon vouloir.

CÉCILE, *de même.*

Ah, mon Dieu ! je me trouve mal !

L'ABBÉ

Grand Dieu ! rappelez vos esprits. Je vais quérir madame la baronne. Est-il possible qu'un accident funeste vous ait frappée si subitement ? Au nom du ciel ! mademoiselle, répondez-moi, que ressentez-vous ?

CÉCILE, *de même.*

Je me trouve mal ! je me trouve mal !

L'ABBÉ

Je ne puis laisser expirer ainsi une si charmante personne. Ma foi ! je prends sur moi d'ouvrir ; on en dira ce qu'on voudra.

(Il ouvre la porte.)

CÉCILE

Ma foi, l'abbé, je prends sur moi de m'en aller ; on en dira ce qu'on voudra.

(Elle sort en courant.)

Scène III

— Un petit bois. — Entre Van Buck et Valentin.

VALENTIN

La lune se lève et l'orage passe. Voyez ces perles sur les feuilles : comme ce vent tiède les fait rouler ! À peine si le sable garde l'empreinte de nos pas ; le gravier sec a déjà bu la pluie.

VAN BUCK

Pour une auberge de hasard, nous n'avons pas trop mal dîné. J'avais besoin de ce fagot flambant ; mes vieilles jambes sont ragaillardies. Eh bien ! garçon, arrivons-nous ?

VALENTIN

Voici le terme de notre promenade ; mais, si vous m'en croyez, à présent vous pousserez jusqu'à cette ferme dont les fenêtres brillent là-bas. Vous vous mettrez au coin du feu, et vous nous commanderez un grand bol de vin chaud avec du sucre et de la cannelle.

VAN BUCK

Ne te feras-tu pas trop attendre ? Combien de temps vas-tu rester ici ? Songe du moins à toutes tes promesses, et à être prêt en même temps que les chevaux.

VALENTIN

Je vous jure de n'entreprendre ni plus ni moins que ce dont nous sommes convenus. Voyez, mon oncle, comme je vous cède, et comme en tout je fais vos volontés. Au fait, dîner porte conseil, et je sens bien que la colère est quelquefois mauvaise amie. Capitulation de part et d'autre. Vous me permettez un quart d'heure d'amourette, et je renonce à toute espèce de vengeance. La petite retournera chez elle, nous à Paris, et tout sera dit. Quant à la détestée baronne, je lui pardonne en l'oubliant.

VAN BUCK

C'est à merveille ! et n'aie pas de crainte que tu manques de femmes pour cela. Il n'est pas dit qu'une vieille folle fera tort à d'honnêtes gens qui ont amassé un bien considérable, et qui ne sont point mal tournés. Vrai Dieu ! il fait beau clair de lune ; cela me rappelle mon jeune temps.

VALENTIN

Ce billet doux que je viens de recevoir n'est pas si niais, savez-vous ? Cette petite fille a de l'esprit, et même quelque chose de mieux ; oui, il y a du cœur dans ces trois lignes ; je ne sais quoi de tendre et de hardi, de virginal et de brave en même temps ; — le rendez-vous qu'elle m'assigne est, du reste, comme son billet. Regardez ce bosquet, ce ciel, ce coin de verdure dans un lieu si sauvage. — Ah ! que le cœur est un grand maître ! on n'invente rien de ce qu'il trouve, et c'est lui seul qui choisit tout.

VAN BUCK

Je me souviens qu'étant à la Haye, j'eus une équipée de ce genre. C'était, ma foi, un beau brin de fille : elle avait cinq pieds et quelques pouces, et une vraie moisson d'appas. Quelles Vénus que ces Flamandes ! On ne sait ce que c'est qu'une femme à présent ; dans toutes vos beautés parisiennes, il y a moitié chair et moitié coton.

VALENTIN

Il me semble que j'aperçois des lueurs qui errent là-bas dans la forêt. Qu'est-ce que cela voudrait dire ? nous traquerait-on à l'heure qu'il est ?

VAN BUCK

C'est sans doute le bal qu'on prépare ; il y a fête ce soir au château.

VALENTIN

Séparons-nous pour plus de sûreté ; dans une demi-heure, à la ferme.

VAN BUCK

C'est dit. Bonne chance, garçon ; tu me conteras ton affaire, et nous en ferons quelque chanson ; c'était notre ancienne manière, pas de fredaine qui ne fît un couplet.

(Il chante.)

Eh ! vraiment, oui, mademoiselle,
Eh ! vraiment, oui, nous serons trois.

(Valentin sort. On voit des hommes qui portent des torches rôder à travers la forêt. Entrent la baronne et l'abbé.)

LA BARONNE

C'est clair comme le jour, elle est folle. C'est un vertige qui lui a pris.

L'ABBÉ

Elle me crie : « Je me trouve mal » vous concevez ma position.

VAN BUCK, *chantant.*

Il est donc bien vrai,
Charmante Colette,
Il est donc bien vrai
Que, pour votre fête,
Colin vous a fait…
Présent d'un bouquet.

LA BARONNE

Et justement, dans ce moment-là, je vois arriver une voiture. Je n'ai eu que le temps d'appeler Dupré. Dupré n'y était pas. On entre, on descend. C'était la marquise de Valangoujar et le baron de Villebouzin.

L'ABBÉ

Quand j'ai entendu ce premier cri, j'ai hésité ; mais que voulez-vous faire ? Je la voyais là, sans connaissance, étendue à terre ; elle criait à tue-tête, et j'avais la clef dans ma main.

VAN BUCK, *chantant.*

Quand il vous l'offrit,
Charmante brunette,
Quand il vous l'offrit,
Petite Colette,
On dit qu'il vous prit…
Un frisson subit.

LA BARONNE

Conçoit-on ça ? Je vous le demande. Ma fille qui se sauve à travers champs, et trente voitures qui entrent ensemble ! Je ne survivrai jamais à un pareil moment.

L'ABBÉ

Encore si j'avais eu le temps, je l'aurais peut-être retenue par son châle,… ou du moins,… enfin, par mes prières, par mes justes observations.

VAN BUCK, *chantant.*

Dites à présent,
Charmante bergère,
Dites à présent
Que vous n'aimez guère

Qu'un amant constant…
Vous fasse un présent.

LA BARONNE

C'est vous, Van Buck ? Ah ! mon cher ami, nous sommes perdus ; qu'est-ce que ça veut dire ? Ma fille est folle, elle court les champs ! — Avez-vous idée d'une chose pareille ? J'ai quarante personnes chez moi ; me voilà à pied par le temps qu'il fait. — Vous ne l'avez pas vue dans le bois ? Elle s'est sauvée, c'est comme un rêve ; — elle était coiffée et poudrée d'un côté, c'est sa fille de chambre qui me l'a dit. Elle est partie en souliers de satin blanc ; — elle a renversé l'abbé qui était là, et lui a passé sur le corps. J'en vais mourir ! — Mes gens ne trouvent rien ; et il n'y a pas à dire, il faut que je rentre. Ce n'est pas votre neveu, par hasard, qui nous jouerait un tour pareil ? — Je vous ai brusqué, n'en parlons plus. Tenez ! aidez-moi et faisons la paix. Vous êtes mon vieil ami, pas vrai ? Je suis mère, Van Buck. Ah ! cruelle fortune ! cruel hasard ! que t'ai-je donc fait ?

(Elle se met à pleurer.)

VAN BUCK

Est-il possible, madame la baronne ? vous seule à pied ! vous, cherchant votre fille ! Grand Dieu ! vous pleurez ! Ah ! malheureux que je suis !

L'ABBÉ

Sauriez-vous quelque chose, monsieur ? De grâce, prêtez-nous vos lumières.

VAN BUCK

Venez, baronne, prenez mon bras, et Dieu veuille que nous les trouvions ! Je vous dirai tout ; soyez sans crainte. Mon neveu est homme d'honneur, et tout peut encore se réparer.

LA BARONNE

Ah bah ! c'était un rendez-vous ? Voyez-vous la petite masque !

À qui se fier désormais ?
(Ils sortent.)

Scène IV

— Une clairière dans le bois. — Entrent Cécile et Valentin.

VALENTIN
Qui est là ? Cécile, est-ce vous ?

CÉCILE
C'est moi. Que veulent dire ces torches et ces clartés dans la forêt ?

VALENTIN
Je ne sais ; qu'importe ? Ce n'est pas pour nous.

CÉCILE
Venez là, où la lune éclaire ; — là, où vous voyez ce rocher.

VALENTIN
Non, venez là, où il fait sombre ; — là, sous l'ombre de ces bouleaux. — Il est possible qu'on vous cherche, et il faut échapper aux yeux.

CÉCILE
Je ne verrais pas votre visage ; venez, Valentin, obéissez.

VALENTIN
Où tu voudras, charmante fille ; où tu iras, je te suivrai. — Ne m'ôte pas cette main tremblante, laisse mes lèvres la rassurer.

CÉCILE

Je n'ai pas pu venir plus vite. Y a-t-il longtemps que vous m'attendez ?

VALENTIN

Depuis que la lune est dans le ciel ; regarde cette lettre trempée de larmes ; c'est le billet que tu m'as écrit.

CÉCILE

Menteur ! C'est le vent et la pluie qui ont pleuré sur ce papier.

VALENTIN

Non, ma Cécile, c'est la joie et l'amour, c'est le bonheur et le désir. Qui t'inquiète ? Pourquoi ces regards ? que cherches-tu autour de toi ?

CÉCILE

C'est singulier ! je ne me reconnais pas. Où est votre oncle ? Je croyais le voir ici.

VALENTIN

Mon oncle est gris — de chambertin — ; ta mère est loin, et tout est tranquille. — Ce lieu est celui que tu as choisi, et que ta lettre m'indiquait.

CÉCILE

Votre oncle est gris ? — Pourquoi, ce matin, se cachait-il dans la charmille ?

VALENTIN

Ce matin ? où donc ? que veux-tu dire ? — Je me promenais seul dans le jardin.

CÉCILE

Ce matin, quand je vous ai parlé, votre oncle était derrière un arbre. Est-ce que vous ne le saviez pas ? Je l'ai vu en détournant l'allée.

VALENTIN

Il faut que tu te sois trompée ; je ne me suis aperçu de rien.

CÉCILE

Oh ! je l'ai bien vu ; — il écartait des branches ; — c'était peut-être pour nous épier.

VALENTIN

Quelle folie ! tu as fait un rêve. N'en parlons plus. Donne-moi un baiser.

CÉCILE

Oui, mon ami, et de tout mon cœur ; asseyez-vous là près de moi. — Pourquoi donc, dans votre lettre d'hier, avez-vous dit du mal de ma mère ?

VALENTIN

Pardonne-moi : c'est un moment de délire, et je n'étais pas maître de moi.

CÉCILE

Elle m'a demandé cette lettre, et je n'osais la lui montrer ; je savais ce qui allait arriver. Mais qui est-ce donc qui l'avait avertie ? Elle n'a pourtant rien pu deviner ; la lettre était là, dans ma poche.

VALENTIN

Pauvre enfant ! on t'a maltraitée ; c'est ta femme de chambre qui t'aura trahie. — À qui se fier en pareil cas ?

CÉCILE

Oh non ! ma femme de chambre est sûre ; il n'y avait que faire de lui donner de l'argent. Mais en manquant de respect pour ma mère, vous deviez penser que vous en manquiez pour moi.

VALENTIN

N'en parlons plus, puisque tu me pardonnes. Ne gâtons pas un si précieux moment. Ô ma Cécile ! que tu es belle, et quel bonheur repose en toi ! Par quels serments, par quels trésors puis-je payer tes douces caresses ? — Ah ! la vie n'y suffirait pas. Viens sur mon cœur ; que le tien le sente battre, et que ce beau ciel les emporte à Dieu !

CÉCILE

Oui, Valentin, mon cœur est sincère. — Sentez mes cheveux comme ils sont doux ; j'ai de l'iris de ce côté-là, mais je n'ai pas pris le temps d'en mettre de l'autre. — Pourquoi donc, pour venir chez nous, avez-vous caché votre nom ?

VALENTIN

Je ne puis le dire : c'est un caprice, une gageure que j'avais faite.

CÉCILE

Une gageure ! Avec qui donc ?

VALENTIN

Je n'en sais plus rien. Qu'importent ces folies ?

CÉCILE

Avec votre oncle peut-être ; n'est-ce pas ?

VALENTIN

Oui. Je t'aimais, et je voulais te connaître, et que personne ne fût entre nous.

CÉCILE

Vous avez raison. À votre place j'aurais voulu faire comme vous.

VALENTIN

Pourquoi es-tu si curieuse, et à quoi bon toutes ces questions ? Ne m'aimes-tu pas, ma belle Cécile ? Réponds-moi oui, et que tout soit oublié.

CÉCILE

Oui, cher, oui, Cécile vous aime, et elle voudrait être plus digne d'être aimée ; mais c'est assez qu'elle le soit pour vous. Mettez vos deux mains dans les miennes. — Pourquoi donc m'avez-vous refusée tantôt quand je vous ai prié à dîner ?

VALENTIN

Je voulais partir : j'avais affaire ce soir.

CÉCILE

Pas grande affaire, ni bien loin, il me semble ; car vous êtes descendu au bout de l'avenue.

VALENTIN

Tu m'as vu ? comment le sais-tu ?

CÉCILE

Oh ! je guettais. Pourquoi m'avez-vous dit que vous ne dansiez pas la mazourke ? je vous l'ai vu danser l'autre hiver.

VALENTIN

Où donc ? je ne m'en souviens pas.

CÉCILE

Chez madame de Gesvres, au bal déguisé. Comment ne vous en souvenez-vous pas ? Vous me disiez dans votre lettre d'hier que vous m'aviez vue cet hiver ; c'était là.

VALENTIN

Tu as raison ; je m'en souviens. Regarde comme cette nuit est pure ! — Comme ce vent soulève sur tes épaules cette gaze avare qui les entoure ! Prête l'oreille : c'est la voix de la nuit, c'est le chant de l'oiseau qui invite au bonheur. Derrière cette roche élevée, nul regard ne peut nous découvrir. — Tout dort, excepté ce qui s'aime. Laisse ma main écarter ce voile, et mes deux bras le remplacer.

CÉCILE

Oui, mon ami. Puissé-je vous sembler belle ! Mais ne m'ôtez pas votre main ; je sens que mon cœur est dans la mienne, et qu'il va au vôtre par là. — Pourquoi donc vouliez-vous partir et faire semblant d'aller à Paris ?

VALENTIN

Il le fallait ; c'était pour mon oncle. Osais-je, d'ailleurs, prévoir que tu viendrais à ce rendez-vous ? Oh ! que je tremblais en écrivant cette lettre, et que j'ai souffert en t'attendant !

CÉCILE

Pourquoi ne serais-je pas venue, puisque je sais que vous m'épouserez ?

(Valentin se lève et fait quelques pas.)

Qu'avez-vous donc ? qui vous chagrine ? Venez vous rasseoir près de moi.

VALENTIN

Ce n'est rien : j'ai cru, — j'ai cru entendre, — j'ai cru voir quelqu'un de ce côté.

CÉCILE

Nous sommes seuls : soyez sans crainte. Venez donc. Faut-il me lever ? ai-je dit quelque chose qui vous ait blessé ? votre visage n'est plus le même. Est-ce parce que j'ai gardé mon châle, quoique vous vouliez que je l'ôtasse ? — C'est qu'il fait froid ; je suis en toilette de bal. Regardez donc mes souliers de satin. Qu'est-ce que cette pauvre

Henriette va penser ? — Mais qu'avez-vous ? vous ne répondez pas ; vous êtes triste. Qu'ai-je donc pu vous dire ? C'est par ma faute, je le vois.

VALENTIN

Non, je vous le jure, vous vous trompez ; c'est une pensée involontaire qui vient de me traverser l'esprit.

CÉCILE

Vous me disiez « tu » tout à l'heure, et même, je crois, un peu légèrement. Quelle est donc cette mauvaise pensée qui vous a frappé tout à coup ? Vous ai-je déplu ? Je serais bien à plaindre ! Il me semble pourtant que je n'ai rien dit de mal. Mais si vous aimez mieux marcher, je ne veux pas rester assise.

(Elle se lève.)

Donnez-moi le bras, et promenons-nous. Savez-vous une chose ? Ce matin, je vous avais fait monter dans votre chambre un bon bouillon que Henriette avait fait. Quand je vous ai rencontré, je vous l'ai dit ; j'ai cru que vous ne vouliez pas le prendre et que cela vous déplaisait. J'ai repassé trois fois dans l'allée, m'avez-vous vue ? Alors vous êtes monté ; je suis allée me mettre devant le parterre, et je vous ai vu par votre croisée ; vous teniez la tasse à deux mains, et vous avez bu tout d'un trait. Est-ce vrai ? l'avez-vous trouvé bon ?

VALENTIN

Oui, chère enfant, le meilleur du monde, — bon comme ton cœur et comme toi.

CÉCILE

Ah ! quand nous serons mari et femme, je vous soignerai mieux que cela. Mais, dites-moi, qu'est-ce que cela veut dire, de s'aller jeter dans un fossé ? risquer de se tuer, et pour quoi faire ? Vous saviez bien être reçu chez nous. Que vous ayez voulu arriver tout seul, je le comprends ; mais à quoi bon le reste ? Est-ce que vous aimez les romans ?

VALENTIN

Quelquefois. Allons donc nous rasseoir.
(Ils se rassoient.)

CÉCILE

Je vous avoue qu'ils ne me plaisent guère ; ceux que j'ai lus ne signifient rien. Il me semble que ce ne sont que des mensonges, et que tout s'y invente à plaisir. On n'y parle que de séductions, de ruses, d'intrigues, de mille choses impossibles. Il n'y a que les sites qui m'en plaisent ; j'en aime les paysages et non les tableaux. Tenez, par exemple, ce soir, quand j'ai reçu votre lettre et que j'ai vu qu'il s'agissait d'un rendez-vous dans le bois, c'est vrai que j'ai cédé à une envie d'y venir qui tient bien un peu du roman ; mais c'est que j'y ai trouvé aussi un peu de réel à mon avantage. Si ma mère le sait, et elle le saura, vous comprenez qu'il faut qu'on nous marie. Que votre oncle soit brouillé ou non avec elle, il faudra bien se raccommoder. J'étais honteuse d'être enfermée, et, au fait, pourquoi l'ai-je été ? L'abbé est venu, j'ai fait la morte ; il m'a ouvert, et je me suis sauvée : voilà ma ruse ; je vous la donne pour ce qu'elle vaut.

VALENTIN, *à part.*

Suis-je un renard pris à son piège, ou un fou qui revient à la raison ?

CÉCILE

Eh bien ! vous ne me répondez pas. Est-ce que cette tristesse va durer toujours ?

VALENTIN

Vous me paraissez savante pour votre âge, et en même temps aussi étourdie que moi, qui le suis comme le premier coup de matines.

CÉCILE

Pour étourdie, j'en dois convenir ici ; mais, mon ami, c'est que je vous aime. Vous le dirai-je ? je savais que vous m'aimiez, et ce n'est pas d'hier que je m'en doutais. Je ne vous ai vu que trois fois à ce bal ; mais j'ai du cœur et je m'en souviens. Vous avez valsé avec mademoiselle de Gesvres, et, en passant contre la porte, son épingle à l'italienne a rencontré le panneau, et ses cheveux se sont déroulés sur elle. Vous en souvenez-vous maintenant ? Ingrat ! Le premier mot de votre lettre disait que vous vous en souveniez. Aussi comme le cœur m'a battu ! Tenez ! croyez-moi, c'est là ce qui prouve qu'on aime, et c'est pour cela que je suis ici.

VALENTIN, *à part.*

Ou j'ai sous le bras le plus rusé démon que l'enfer ait jamais vomi, ou la voix qui me parle est celle d'un ange, et elle m'ouvre le chemin des cieux.

CÉCILE

Pour savante, c'est une autre affaire ; — mais je veux répondre, puisque vous ne dites rien. Voyons ! savez-vous ce que c'est que cela ?

VALENTIN

Quoi ? cette étoile à droite de cet arbre ?

CÉCILE

Non, celle-là qui se montre à peine et qui brille comme une larme.

VALENTIN

Vous avez lu madame de Staël ?

CÉCILE

Oui, ce mot de larme me plaît, je ne sais pourquoi, comme les étoiles. Un beau ciel pur me donne envie de pleurer.

VALENTIN

Et à moi envie de t'aimer, de te le dire et de vivre pour toi. Cécile, sais-tu à qui tu parles, et quel est l'homme qui ose t'embrasser ?

CÉCILE

Dites-moi donc le nom de mon étoile. Vous n'en êtes pas quitte à si bon marché.

VALENTIN

Eh bien ! c'est Vénus, l'astre de l'amour, la plus belle perle de l'océan des nuits.

CÉCILE

Non pas ; c'en est une plus chaste et bien plus digne de respect ; vous apprendrez à l'aimer un jour, quand vous vivrez dans les métairies et que vous aurez des pauvres à vous : admirez-la, et gardez-vous de sourire ; c'est Cérès, déesse du pain.

VALENTIN

Tendre enfant ! je devine ton cœur ; tu fais la charité, n'est-ce pas ?

CÉCILE

C'est ma mère qui me l'a appris ; il n'y a pas de meilleure femme au monde.

VALENTIN

Vraiment ? je ne l'aurais pas cru.

CÉCILE

Ah ! mon ami, ni vous ni bien d'autres, vous ne vous doutez de ce qu'elle vaut. Qui a vu ma mère un quart d'heure croit la juger sur quelques mots au hasard. Elle passe le jour à jouer aux cartes et le soir à faire du tapis ; elle ne quitterait pas son piquet pour un prince ; mais que Dupré vienne, et qu'il lui parle bas, vous la verrez se lever de table, si c'est un mendiant qui attend. — Que de fois nous sommes allées ensemble, en robe de soie, comme je suis là, courir les sentiers de la vallée, portant la soupe et le bouilli, des souliers, du linge, à de pauvres gens ! — Que de fois j'ai vu, à l'église, les yeux des malheureux s'humecter de pleurs lorsque ma mère les regardait ! Allez ! elle a droit d'être fière, et je l'ai été d'elle quelquefois !

VALENTIN

Tu regardes toujours ta larme céleste ; et moi aussi, mais dans tes yeux bleus.

CÉCILE

Que le ciel est grand ! que ce monde est heureux ! que la nature est calme et bienfaisante !

VALENTIN

Veux-tu aussi que je te fasse de la science et que je te parle astronomie ? Dis-moi, dans cette poussière de mondes, y en a-t-il un qui ne sache sa route, qui n'ait reçu sa mission avec la vie, et qui ne doive mourir en l'accomplissant ? Pourquoi ce ciel immense n'est-il pas immobile ? Dis-moi, s'il y a jamais eu un moment où tout fut créé, en vertu de quelle force ont-ils commencé à se mouvoir, ces mondes qui ne s'arrêteront jamais ?

CÉCILE

Par l'éternelle pensée.

VALENTIN

Par l'éternel amour. La main qui les suspend dans l'espace n'a écrit qu'un mot en lettres de feu. Ils vivent parce qu'ils se cherchent, et les soleils tomberaient en poussière si l'un d'entre eux cessait d'aimer.

CÉCILE

Ah ! toute la vie est là !

VALENTIN

Oui, toute la vie, — depuis l'Océan qui se soulève sous les pâles baisers de Diane jusqu'au scarabée qui s'endort jaloux dans sa fleur chérie. Demande aux forêts, et aux pierres ce qu'elles diraient si elles pouvaient parler. Elles ont l'amour dans le cœur et ne peuvent l'exprimer. Je t'aime ! voilà ce que je sais, ma chère ; voilà ce que cette fleur te dira, elle qui choisit dans le sein de la terre les sucs qui doivent la nourrir ; elle qui écarte et repousse les éléments impurs qui pourraient ternir sa fraîcheur ! Elle sait qu'il faut qu'elle soit belle au jour, et qu'elle meure dans sa robe de noce devant le soleil qui l'a créée. J'en sais moins qu'elle en astronomie ; donne-moi ta main, tu en sais plus en amour.

CÉCILE

J'espère, du moins, que ma robe de noce ne sera pas mortellement belle. — Il me semble qu'on rôde autour de nous.

VALENTIN

Non, tout se tait. N'as-tu pas peur ? Es-tu venue ici sans trembler ?

CÉCILE

Pourquoi ? De quoi aurais-je peur ? Est-ce de vous, ou de la nuit ?

VALENTIN

Pourquoi pas de moi ? qui te rassure ? Je suis jeune, tu es belle, et nous sommes seuls.

CÉCILE

Eh bien ! quel mal y a-t-il à cela ?

VALENTIN

C'est vrai, il n'y a aucun mal ; écoutez-moi, et laissez-moi me mettre à genoux.

CÉCILE

Qu'avez-vous donc ? vous frissonnez.

VALENTIN

Je frissonne de crainte et de joie, car je vais t'ouvrir le fond de mon cœur. Je suis un fou de la plus méchante espèce, quoique, dans ce que je vais t'avouer, il n'y ait qu'à hausser les épaules. — Je n'ai fait que jouer, boire et fumer depuis que j'ai mes dents de sagesse. — Tu m'as dit que les romans te choquent ; j'en ai beaucoup lu, et des plus mauvais. Il y en a un qu'on nomme Clarisse Harlowe ; je te le donnerai à lire quand tu seras ma femme. Le héros aime une belle fille comme toi, ma chère, et il veut l'épouser ; mais auparavant il veut l'éprouver. Il l'enlève et l'emmène à Londres ; après quoi, comme elle résiste, Bedfort arrive,... c'est-à-dire Tomlinson, un capitaine,... je veux dire Morden,... non, je me trompe... Enfin, pour abréger,... Lovelace est un sot, et moi aussi, d'avoir voulu suivre son exemple... Dieu soit loué ! tu ne m'as pas compris ;... je t'aime, je t'épouse : il n'y a de vrai au monde que de déraisonner d'amour.

(Entrent Van Buck, la baronne, l'abbé et plusieurs domestiques qui les éclairent.)

LA BARONNE

Je ne crois pas un mot de ce que vous dites. Il est trop jeune pour une noirceur pareille.

VAN BUCK

Hélas ! madame, c'est la vérité.

LA BARONNE

Séduire ma fille ! tromper un enfant ! déshonorer une famille entière ! Chanson ! Je vous dis que c'est une sornette ; on ne fait plus de ces choses-là. Tenez ! les voilà qui s'embrassent. Bonsoir, mon gendre ; où diable vous fourrez-vous ?

L'ABBÉ

Il est fâcheux que nos recherches soient couronnées d'un si tardif succès ; toute la compagnie va être partie.

VAN BUCK

Ah çà ! mon neveu, j'espère bien qu'avec votre sotte gageure…

VALENTIN

Mon oncle, il ne faut jurer de rien, et encore moins défier personne.

FIN DE IL NE FAUT JURER DE RIEN.

FIN